AF457962

Z
BASQUE
398

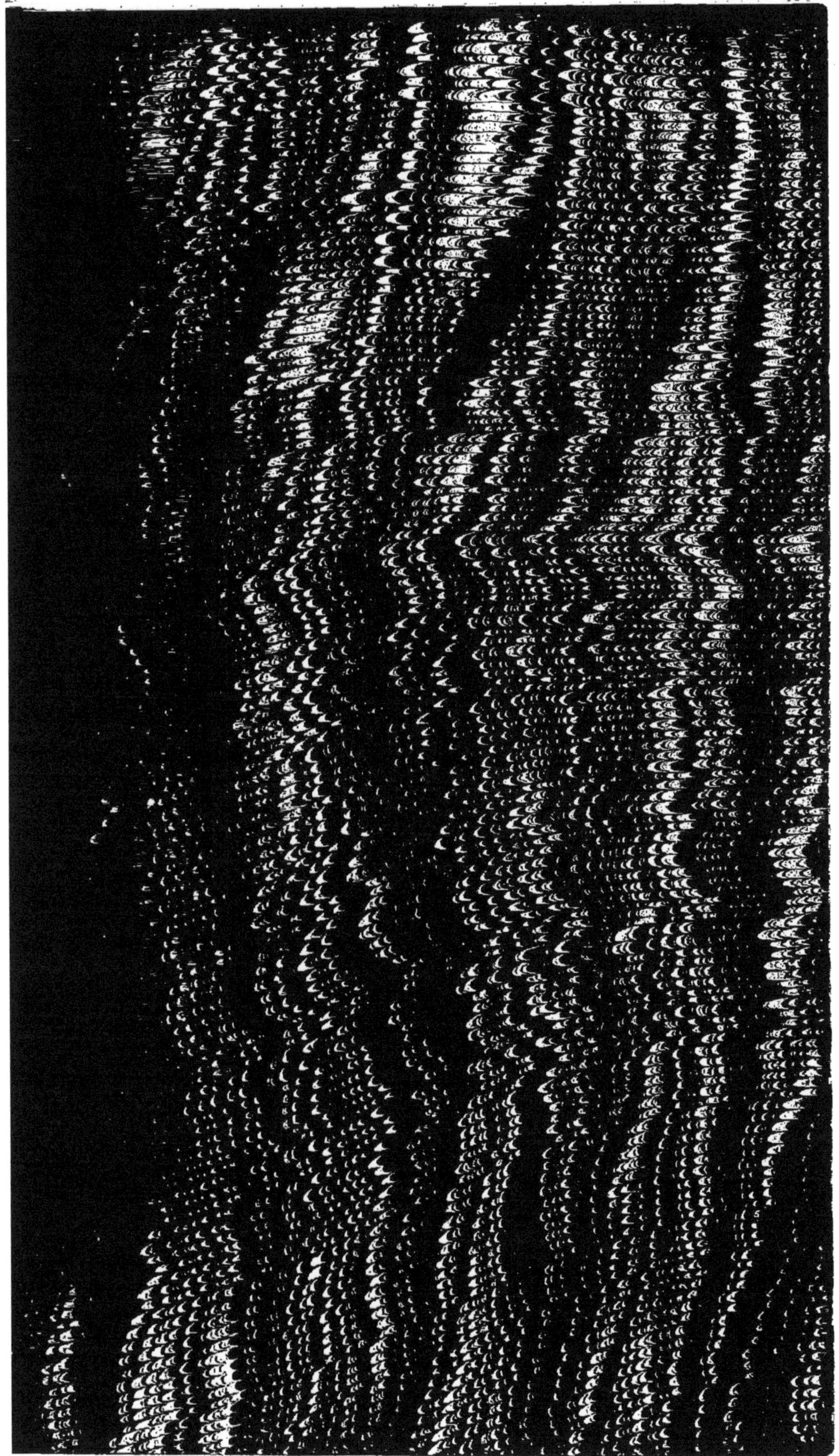

BIBLIOGRAPHIE BASQUE

HOMMAGE

A SON ALTESSE

LE PRINCE LOUIS-LUCIEN BONAPARTE

SÉNATEUR

Février 1858

P. D. G.

EUSCARA LIBRUTEGUIA

OU

ESQUISSE BIBLIOGRAPHIQUE GÉNÉRALE

DES PHONOPOLISMES BASQUES.

> Le basque a partagé avec le celtique le privilége de faire dire, à son sujet, d'innombrables extravagances.
>
> J.-J. AMPÈRE.

XVIe SIÈCLE.

N. B. On remarquera qu'aucun monument écrit, en cette langue ou sur cette langue, antérieure au sanscrit ou à l'hébreu, n'existe antérieurement à ce siècle.

* MAURUS (Joannes) : Constantianus, *Traductio vocabulorum de partibus Ædium in linguam gallicam et vasconicam*

* Dans cette Bibliographie phonopolite, faite dès 1834, nous nous bornons : 1° à ajouter un astérique à tous les ouvrages inconnus ou mal indiqués dans la bibliographie de M. Michel (Fr.), si pauvre d'ailleurs pour la partie espagnole, qu'il n'a pas trouvée dans ses nombreux prédécesseurs, ce qui aurait dû le rendre moins sévère pour eux et entre autres pour notre condisciple M. d'Abbadie (p. LXII), à qui du reste il devait tant d'excellentes citations, ainsi qu'à tant d'autres (v. p. LXXV et seq.) 1847 ; 2° à la citation des ouvrages que nous avons vus ; aussi ne parlons-nous nullement des ouvrages de Schloeser (*Histoire universelle du Nord*), don Pedro Salazar de Mendoza, Rodrigo Mendez Silba, Fraile Alonzo Venero, Fraile Miquel de Alonsotegui, Estevan de Garibay, Velazquez, Covarruvias, Dr Wallis, Millin, Dr Ware, Henau (liv. I), Bourgoing (p. 133), Manuel (Vocabulaire basque-français), Mardo, poete basque de la Soule (XVIIe siècle), Jh. Scaliger (Opuscula 119-125), Jules Scaliger, Viardot, Ch. Nodier, Larramendi (nouvelle édition), Terreros (*Paléografia Española*); Juan Iniguez de Ibarguen (Chant

ex Francisco Mario Grapaldo, in-18. Mons Albani in ædibus Johannis Gilberti, bibliopole. s. d. (Duverdier en parle dès 1586 et la dédicace porte : Aginni X Kalendas Martias quingenta (1500).) Rarissime.

* LUCIO MARINEO SICULO : *Cosas illustres y excellentes de España*, in-fol. Alcala de Henares 1539, fol. XXIX et seq. (*Qual fué antiguamente la lengua española* ; 38 mots et 19 noms de nombres, avec l'équivalent espagnol).

* RABELAIS (Maître François) : *La vie inestimable du grand Gargantua, père de Pantagruel, jadis composée par l'abstracteur de quintessence. Livre plein de pantagruelisme*, in-8, Lyon 1535, (livre I, ch. V, et livre II, ch. VIII. Comment Pantagruel trouva Panurge, lequel il ayma toute sa vie).

Ce qu'il y a de remarquable dans l'histoire chronologique de la bibliographie basque, c'est que la première édition de l'admirable ouvrage du curé de Meudon ne contient point ces passages basques. Pourquoi? Parce qu'avant d'arriver à l'école de Montpellier, il ignorait fort probablement l'existence de ces phonopolismes. Mais lorsque, par sa nouvelle position de professeur à l'École de médecine de Montpellier, il eut été journellement en contact avec les étudiants de cette célèbre école venus des pays basques, il dut naturellement être frappé de leurs idiomes; et comme alors les étudiants de tous les pays avaient l'habitude de se parquer, de s'isoler par nations, la nation basque dut lui inspirer la plus vive curiosité scientifique, et dès lors il dut aussi se mettre à étudier ces idiomes.

Un fait non moins remarquable encore, c'est que ces mêmes passages diffèrent pour ainsi dire dans chacune des éditions subséquentes qui les contiennent, probablement parce que les différents éditeurs auront voulu rajeunir l'archaïsme basque du professeur de Montpellier; et c'est ainsi que, de correction en correction, pas une édition n'offre un texte identique et intelligible pour nous, et de là les mauvaises restitutions si malhabilement et si souvent proposées.

de la Bataille de Beotivar, le 19 septembre 1321, et deux pièces en prétendu basque de 574 et 748), El P. Fr. Gregorio de Argaiz (*Contra la Antiguedad del Bascuence*); Garcia Fernandez Gachopia ; Bopp, Catherinot, Hernan de Illanes (*Dialogo de las lenguas*) ; Beuter, Raphael de Volterra : D. Franc. Xav. de la Huerta ; D. Franc. Xav. de Garma ; Padre Don Juan Cortes de Osorio, Pedro Alcocer, Pedro de Medina, etc. ; 3° j'ai omis enfin les ouvrages manuscrits que nous connaissons, ainsi que ceux indiqués par M. Michel (p. 18 à 27), ainsi qu'un grand nombre de ceux qui ne parlent que transitoirement et légèrement de l'objet de ces recherches.

Ce chapitre atteste aussi l'érudition inouïe du savant professeur polyglotte, qui peut réclamer à bon droit l'honneur d'avoir été le troisième à donner la vie typographique à l'idiome pyrénéen, et, grâce à cette même innovation, il fait parler quatorze langues différentes à ses personnages.

Rabelais écrivit-il bien ou mal ce nouvel idiome? Il dut naturellement l'orthographier phonétiquement, de la manière dont les syllabes frappaient son attention et avec son exactitude habituelle, et cependant aucun de ses éditeurs ne le comprit. L'érudition profonde, réelle et si variée du professeur de Montpellier, ne permet pas de supposer qu'il ne comprenait nullement ce qu'il écrivait de son libre choix, et il est tout naturellement arrivé pour le basque de Rabelais ce qu'il advint au phénicien de Plaute, qui, d'après Iztueta, Bartholomé de Santander, etc., n'était également que du basque, comme il n'était que du breton pour Lebrigant, de l'écossais pour le colonel Valencey, etc.; c'est-à-dire que chacun employa son propre idiome pour reconstituer et traduire le passage devenu inintelligible, par suite des altérations que le temps imprime aux langues. Dans ces deux cas, les expérimentateurs aveugles furent aussi nombreux que divers et malheureux, sans même en excepter le pseudonyme Lor. Urherdigarria (voisin dont il faut se garer). Somme toute, j'aime donc mieux croire que l'érudit Rabelais, comme Plaute, se servait d'un idiome qu'il connaissait, que le basque de Rabelais est mort, ou mieux s'est métamorphosé comme le punique du comique romain, et que nous cherchons vainement à ressusciter l'un et l'autre.

DECHEPARE (1) (D^us^. Bernardus): Rector sancti Michaelis veteris. *Linguæ Vasconum Primitiæ*, etc., petit in-4, Bourdeaux, François Morpain 1545, feuillets 28 (Bibliothèque impériale, fonds de réserve). Rarissime. (V. Mém. de l'Académie de Bordeaux 1847, p. 77-158.)

* Kalendara Basco, petit in-8, La Rochelle, P. Haultain, 1571.

POÇA (Andrés de): Natural de la Ciudad de Orduña, y avogado en el muy noble y mui leal Señorio de Viscaya, dirigido à don Diego de Avendaño y Gamboa, señor de las Casas de Urquiça y Olasso y de la villa de Villareal y sus valles, y Balestero mayor del Rey nuestro señor, etc. *De la antigua lengua, poblaciones y comarcas de las Españas en que de paso se tocan algunas cosas de la Cantabria,*

(1) J'ignore pourquoi M. Michel écrit *d'Etchepare*.

compuesto por el licenciado, etc. Con privilegio real, impresso en Bilbao por Mathias Mares, primer impressor de Vizcaya ; in-4 espagnol, año de 1587, pp. IV-70 (40 fr. La Serna Satander et Charles Nodier (1844).

* Galza (don Francisco) : *De Cataloniâ*, in-18, Barcinonæ 1588.

* Trésor des Langues française, espagnole et basque. in-8 oblong, s. d. ni nom de lieu.

Leiçarrague (Jean de) de Briscous : *Jésus-Christ gure jaunaren Testamentu Berria*, in-8, Rochellan, Pierre Haultain 1591. (Ouvrage rarissime, fait par ordre de Jeanne d'Albret, reine de Navarre, dans lequel on trouve un petit glossaire comparatif.) — Lambert, 50 fr. — Lavalière, 37 fr.

* Vulcanius (Bonavent.) de Bruges : *De Litteris et Linguâ Getarum sive Gothorum, item de Notis Lombardicis, quibus accesserunt specimina variarum linguarum.* in-8. Lugduni Batavorum 1597, pp. 89 à 96 (Vocabulaire basque).

—

XVIIe SIÈCLE.

* Alderete (Bernardo) : Del origen y principio de la Lengua Castellana o Romance que oi se usa en España. in-4, Rome 1606 ; in-fol., Madrid 1682.

Etchave (Balthazar de) : natural de la villa de Çumaya, en la provincia de Guypuzcoa, y vecino de Mexico. *Discursos de la antiguedad de la Lengua cantabra Bascongada, compuestos por,* etc. Introducese la misma lengua, en forma una Matrona venerable y anciana que se quexa de que siendo ella la primera que se habla en España, y general en todo ella, la ayan olvidado sus naturales, y admitido otras estrangeras. Habla con las Provincias de Guypuzcoa y Vizcaya, que le han sido fieles, y algunas vezes con la misma España. Con licencia y privilegio, in-4, Mexico, en la imprenta de Henrico Martinez, año de 1607, pp. XII-84.

* MARIANA (el P. Juan de): Historia general de España, in-folio, Madrid 1608 (libro 1º, capitulo V, p. 9 et seq.)

* MAYENNE-TURQUET (Louis): *Histoire du Royaume de Navarre*, 2 vol. in-folio, Pau 1608-1635.

FIGUEROA (el illustrissimo don Antonio Venegas de): Obispo de Pamplona: *Relacion de las fiestas que*, etc., *hizo el dia del Santissimo Sacramento y por todo su octavario, este año de* 1609, *con las poesias que fueron premiadas, conforme à los certamenes*..., petit in-8, Pamplona 1609 en casa de la viuda de Mathias Mares, impressora del Reyno de Navarre, ff. 92.

LANCRE (Pierre de): *Tableau de l'inconstance des mauvais anges et démons*, etc., in-4, Paris, Nicolas Buon 1612 (liv. I, p. 30 et seq.)

VOLTOIRE: *l'Interprect ou Traduction du François, Espagnol et Basque*, etc., in-8, Lyon. (1615) format oblong à trois colonnes, (pp. VI-280.)

MATERRE (le R. P. Fr. Etienne), cordelier: *Doctrina cristiana*, in-12, Bayonan 1616.

Le même: *Catechisme*, in-12, Bourdeaux, Pierre de la Court, 1617.

BERIAIN (don Juan de): Doctrine chrétienne, en Castillan d'abord, puis en Basque, in-12, Pamplona 1626, pp. 83.

ETCHEBERRI (Juan), docteur en théologie: *Manual devocionezcoa, edo ezperen, oren oro escuetan erabilltçeco liburutchoa. Escarazco versutan eguiña, eta guztia bi partetan berecia.* In-f., Bordelen, Guillen Millanges, 1627, (pp. 138, première partie.)

Le même : *Bigarren liburüa guiristinoac erran behar lituzquen othoitcez,* ....., in-8, Bordelen 1627, deuxième partie, (pp. 208.) — Nouvelle édition en 1669, chez le même imprimeur.

Le même : *Noelac eta berce canta espiritual berriac*, in-12, Bordeaux 1630, pp. 250.

Aramburu (Fr.-Jean d') : *Devocino escuarra Miraila eta oracinoteguia*, in-12, Bordeaux 1635.

* Etcheberri (Juan) : *Eliçara erabillieco Liburua,* etc., in-18, Bordelen, Guillen Milanges Erzegueren, imprimatçaillea bathan, 1636, pp. 542.

Oihenarto (Arnaldo), Mauleosolensi : *Notitia utriusque Vasconiae, tum Ibericae tum Aquitanicae... authore,* etc., in-4, Parisiis, sumptibus Sebastiani Cramoisy 1638. (cap. VI p. 35-XII p. 37-XIII p. 44-XIIII p. 57.)

Exposition assez claire et précise de la coustitution grammaticale de sa langue maternelle (lib. I, cap. XI.)

* Marca (de) : *Histoire de Béarn*, in-folio, Paris 1640, (pp. 130, 152 et 361.)

* Darguinarats (Pierre), prêtre et prédicateur ordinaire de Ciboure : *Aphez eta Ciburneo predicari ordinarioac, egumec avisu eta exortacionea probetchosac bekhatorearençal, nola artha principalena scharduen bere arimoz, eta ez bere gorputçaz contricionearen eguiteco, eta manamendua gaifican conscienciaren examinaiceco arteareguien.* in-24, très-étroit. Bordelen G. Milanges Erreguerea imprimatçaillea baitan 1641, pp. 372 (sermons en douze chapitres).

Axular (Pierre), curé de Sarre : *Gueroco guero, edo gueroco luçamendutan ibiltceac, eta arimaren eguitecoac guerocotz uzteac cembat calte eguiten duen. Escritura Saindutic, Eliçaço doctor-etaric, eta liburu devocionezcoetaric Axular, Saraco Erretorac, vildua, eta arguitara emana. Bigarren edicionea corrigetua, eta emendatua.* Petit in-8. Bordelen, eguina G. Milanges, Erregueren imprimatçaillea, baithan 1642 (pp. 623-8.)

Garcia Ordoñex de Lloris (Vicente) : *Thesora hirour linguietaqua Francho, Española eta Hasquara*, in-8, Bayonan 1642.

M. Michel regarde ce volume comme étant le *premier Dictionnaire basque connu.*

Argote y de Molina (Gonzalo de) : *Discurso hecho por*, etc., *sobre la poesia castellana contenida en este libro* (del conde de Lucanor), édition de 1642 (folio 227.)

* Galland (A.) : *Histoire de Navarre*, in-folio, Paris 1648.

* Brerewood (Ed.) : Recherches curieuses sur la diversité des langues et religions en toutes les principales parties du monde, in-8, Saumur et Paris 1663.

* Capanaga (el Licenciado), Presbitero de Manaria : Catecismo de Ripalda, in-8, 1657.

* Catecismo de Villa-Franca, petit in-8 espagnol, 1657.

* Prevost (J.) : *Catalogue des plantes qui croissent en Béarn, Navarre et Bigorre, ès côtes de la mer de Biscaye*, in-8, Paris 1665.

Oihenart (Arnauld d'), historien, né à Mauléon, petite ville de l'Armagnac, reçu avocat au parlement de Navarre : les *Proverbes basques recueillis par le sieur*, etc. ; plus les *Poésies basques du même auteur*, en deux parties, in-8, Paris 1657. — Première partie : *Atsotisac edo refranac* (Adages basques), pp. 537, et Proverbes, 94 pages (1). —

(1) C'est précisément dans ce siècle que la théologie se substitua à la philologie et trancha des questions dont elle ne devait même pas s'occuper. En effet, le cha-

Deuxième partie : *Oten Ga taroa nevrthizetan* (la Jeunesse d'O, en vers basques), contient quinze petites pièces ou chansons, un poëme un peu plus étendu et trois cantiques ou poésies religieuses. La préface, en deux pages, donne quelques règles générales sur la versification basque, et le petit vocabulaire qui termine le volume (pp. 68-75) offre l'explication de 117 mots qui ne se trouvent que dans l'un ou l'autre des six dialectes que l'auteur reconnaît dans cet idiome (ceux du Labour occidental, de la Basse-Navarre, de la Soule, de la Soule méridionale et de la Haute-Navarre).

M. Michel donna une nouvelle édition de ces poésies, aux frais de deux amateurs, sous ce titre : *Proverbes basques, recueillis par Arnaud* (sic) *Oihenart, suivis des poésies basques du même auteur. Seconde édition revue, corrigée, augmentée* (sic) *d'une traduction française des poésies et d'un appendice, et précédée d'une introduction* (sic) *bibliographique*, in-8, Bordeaux, 1847, mais ne comprenant pas le supplément que possède la Bibliothèque impériale.

Pouvreau. (Sylvain), prêtre du diocèse de Bourges : *Guiristinoaren Dotrina, Eminentissimo Jaun cardina duke de Richelieuc eguina*, etc., in-8, Parisen, chez Jean Roger, 1656 (p. viii-307, et cinq pages non chiffrées à la fin.)

Le même : Jesusen Imitacionea, Grammaire basque et française, avec quelques dialogues familiers pour le commerce des deux langues et de plus un dictionnaire basque, français, espagnol et latin (Bibliothèque impériale, 7700-4, olim Colbertinus, petit in-folio Mss. sur

pitre métropolitain de Pampelune se réunit alors pour les résoudre, et leur solution sacrée fut consignée dans le registre de ses délibérations. La première question posée fut celle-ci : La langue basque est-elle la langue primitive ? Malgré la fermeté de leurs convictions, les docteurs de ce sacré Collége n'osèrent point se prononcer pour l'affirmative. Ils passèrent ensuite à celle-ci : La langue basque est-elle la seule qu'Adam et Eve parlassent dans le paradis terrestre ? Le chapitre déclara, et à l'unanimité, qu'il n'existait absolument aucun doute dans les esprits sur ce point, et déclara en outre qu'il était impossible d'élever à ce sujet aucune contestation sérieuse : de nombreux Pampelunistes furent bientôt de leur avis, tant l'homme aime le merveilleux !

papier, écriture du XVIIe siècle. Ce vocabulaire commence à l'article ÇAFARDA, mais il est completé par un autre manuscrit du même établissement.

Le même : San Frances de Sales, Genevaco ipizpicauaren, Philothea, eta chapeletaren Andrédena Mariaren ohoretan Devocionerequin erraiteco Antcea, in-8, Parisen 1664, pp. XIV–557, et deux pour les approbations civiles et religieuses.

Le même : le Combat spirituel, traduit de l'italien du R. P. Lorenzo Scupoli, par Sylvain Pouvreau, sous ce titre : *Gudu espirituala il Lorenzo Scupoli. Sylvain Pouvreau apezac escaras emana*, etc., in-12, Parisen 1665 ; in-12, Toulouse 1750 ; in-4, Bayonne 1827.

Honores funebres que hizo el real consexo de Navarra à la piadosa memoria del Rey N. S. Philippo IV el Grande, etc., in-4, Pamplona 1666, pp. 51 et seq. (quarante vers).

Eliçan erabilceco liburia, in-24, Pau 1667.

ETCHEBERRI (Jean) : *Manual devotionezcoa, edo ezperen, oren oro escuetan errabilltçeco liburutchoa. Ezcarazco versutan eguiña, eta guztia bi partelan berecia*, in-8, Bordelen J. Mongiron Millanges, 1669. Première partie.

Bi-garren liburüa guiristonac erran behar litusquen othoitcez, etc., in-8, Bordelen, Mongiron Millanges, 1669. Deuxième partie (1).

DETCHEVERRY ou DORREC (Pierre) : *Liburu hau da ixasoco nabigacionecoa Martin de Hoyarzabalec egiña francezes. Eta Pierres Detchaverry, edo Dorrec, escararat emana, eta cerbait guehiago abançatuba*, in-8, Bayonan, Duhart-Fauvet, imprimerian Carmesseteco aldean, 1677, pp. 164, plus deux feuillets non chiffrés. (Traduction du

(1) Ici devrait figurer ensuite l'ouvrage de don Jh. Pellicer (in-4, Valencia, año de 1672), qui ne dit pas un mot des phonopolismes basques, quoique M. F. Michel l'ait mis dans sa Bibliothèque basque.

Voyage Français, publié à Bordeaux en 1633 et fort rare.)

POISSON · *Le Poëte basque*, comédie, in-12, Paris, Jean Ribon, 1679.

Le passage basque, de la scène quatrième, a été réimprimé à deux exemplaires, sur papier vert, par le savant phonopoliphile Burgaux Desmarets : l'un pour lui et l'autre pour Son Altesse le prince Louis-Lucien Bonaparte, le seul qui sache parfaitement toutes les langues et tous les phonopolismes de l'Europe (1856).

* LUDEKENIUS (Th.). *Orationis Dominicæ versiones præter authenticam ferè centum, singulae genuinis linguae suae characteribus*, in-4, Berlin 1680.

MORET (el padre Jose de). *Annales del Reyno de Navarra,* in-fol., Pamplona 1684. (Capitulo primero.)

Thresor des trois lengues francèse, espagnol et basque, livre très util et nécessaire pour ceux qui désirent avoir l'intelligence des susdites lengues, in-8 oblong, Bayonne, chez Antoine Fauvet, imprimeur de Monseigneur l'Évesque et de la ville, 1684, avec permission et privilége, pp. 104, sur trois colonnes jusqu'à la page 101.

* ARAMBILLAGA (d'), prêtre à Ciboure, dans le Labourdan : Jesu Christoren Imitacionea apheçac escaraz emana. Hiru garren liburua. Petit in-8, Bayonan, Antonio Fauvet, Erreguerén, Iphispicuaren, eta Hirico imprimatçaillea baithan eguña 1684, pp. VII-234, quatre feuillets pour la table et quatre grandes gravures sur bois. — Autre édition en 1720.

* BELAPEYRE (Athanase de) : Catechima laburra eta Jesus-Christ, Goure Gineo Jaunaren eçagutcia, salvatu içateco, etc., petit in-4, Pauvem, Jérôme Dupoux, 1696, pp. 310. — Un autre Catéchisme semblable avait été imprimé dix ans auparavant.

* GASTELUÇAR (le P. Bernard de), de la Compagnie de Jésus : Eguia Catholicac, Salvamendu eternabaren egui-

teco necessario direnac : Aita B., etc., in-12, Pau, Jean Desbaretz, 1686 (*voy.* Larramendi, Prolégomènes du Dictionnaire, p. xxxv), pp. 479.

* Haramburu (le P. Jean) : Devocino escara Miraïlla eta oracinoteguia, in-18, Bordeaux 1635.—2e édition, in-18, 1690 (pp. 500.)

* Thomassin (le P. L.), prêtre de l'Oratoire : la Méthode d'étudier et d'enseigner chrestiennement et utilement la grammaire ou les langues par rapport à l'Ecriture sainte, en les réduisant toutes à l'hébreu, 2 vol. in-8, Paris 1690 (liv. i, cap. cvi. — Liv. ii, cap. vii à ix ; xi à xiv. T. i, p. 482. — T. ii, p. 493 et seqq.)

XVIIIe SIÈCLE.

* Maytie (Jacques de) : Catechima Oloroeco Diocesaren cerbuchuco, in-8, Pau, chez Jérôme Dupoux, imprimeur, 1706 (traduction basque de Zuberoa).

* Chamberlayne : *Oratio Dominica in diversas omnium ferè gentium plus centum linguis versionibus aut characteribus reddita et expressa*, in-folio, Londini 1700 ; in-4, Londini, 1707 ; — in-4, Amstelodami 1715, pp. 43 et seq.

* Catichima, edo fediaren eta guiristino - eguien explicacione laburra. Luis Maria de Suarez d'Aulan, aquireco Jaun aphezpika ossoqui illustré eta Ohorregarriaren manuz imprimatia choila haren diocesa gucian eracaxia içaiteco. Aquicen G. Roger Leclercq (1740), pp. 164 ; — in-8, Bayonne, Michel Cluzeau, 1815, pp. 174.

Chourio (Miguel), curé de St-Jean-de-Luz : *Jesus-Christoren Imitacioneca*, etc., in-8, Bordelen (Bayonan)

1720, pp. 11-246, et six feuilles de table; — in-18, Bayonan 1769, pp. XXIV-377, et sept feuilles de table; — in-12, Bayonne 1825, — in-18, Tolosa 1850.

M. D. L. (le R. P. Manuel de Larramendi, de la Compagnie de Jésus) : *De la antiguedad y universalidad del Bascuenze en España : de sus perfecciones y ventajas sobre otras muchas Lenguas. Demostracion previa al arte que se darà a luz desta Lengua*, petit in-8 espagnol, en Salamanca, par Eugenio Garcia de Honorato, año de 1728.

C'est le premier ouvrage d'un savant Pampeluniste, dans le genre de Rudbeck, de Hardouin, de Lebrigant, de Bacon-Tacon, etc., qui mit également la plus vaste érudition au service d'un paradoxe.

Cet ouvrage vient d'être réimprimé dans la même ville, petit in-8, pp. IV-180.

LARRAMENDI (el P. Manuel de) : *El impossible vencido : Arte de la Lengua bascongada*, petit in-8 espagnol : en Salamanca, par Ant.-J. Villagordo Alcaraz, año de 1729, (pp. XVIII-404, et les armes du Guipuzcoa (1), 6 à 10 f. Anquetil : — 12. Caillau : 18.)

VIEUXVILLE (Pierre de la), évêque de Bayonne : *Guiristinoen Doctrina laburra, haur gaztei irakhasteco*, etc., in-8, Bayonan 1731, pp. 128 ; — dans la même ville en 1760; — in-12, Bayonne 1788, pp. 112, — in-12, Bayonne 1814, 1823, 1832, etc., etc.

Le même : *Bayonaco diocesaco bi-garren Catichima, lehenbicico communionea eguitera preparatcen diren Haurençat*, in-12, Bayonan, Paul Fauvet, 1733, pp. 466.

* ELIZALDE (Fr. de), jésuite : Apecendaco doctrina cristiana uscaraz, in-18, Pampelune 1735.

(1) C'est encore évidemment par erreur que M. F. Michel affirme qu'il est plus que douteux qu'un contemporain du savant jésuite ait composé une autre grammaire, et qu'elle ait été même publiée, puisqu'il dit lui-même, et positivement, dans une note : « La grammaire du P. Oyang nen se trouvait dans la bibliothèque de M. Klaproth, sous le n° 676 de son catalogue : or, ce numéro n'a absolument rien de commun avec une grammaire basque ! »

* Mayens y siscar (Gregorio) : *Origenes de la lengua española, compuestas por varios autores recogidas por*, etc., 2 vol. in-12, Madrid 1737.

* *Orationis Dominicæ versiones ferè centum. . . . genuinis cujuslibet linguæ characteribus*, typis vel aere expressæ, in-8, Lipsiæ 1740.

Larramendi (el P. Manuel de) : *Exercicio spirituala : Bere salbamendua eguiteco desira duten Guiristiñoençat lagunça handitacoa ; Bigarrena edicionea*, etc., in-8, Bayonan, Paul Fauvet (1742), pp. VII-371 ; — in-18, Bayonan 1755, 1810, 1814, 1823, 1825, 1829, 1838, in-18, in-24 et in-32.

Suarez d'Aulan (Louis-Marie), évêque de Dax : *Catichima edo fediaren eta guiristino-eguien explicacione laburra*, etc., in-8, Dax 1741 (pp. 164).

Harriet (M. M.), notari erreialac : *Grammatica escuaraz eta francesez, composatua francez hitzcunça ikhasi nahi dutenen faboretan*, in-8, Bayonan, Fauvet alarguna eta J. Fauvet. Erreguerén imprimadoriac baitan 1741, pp. 508, plus 4 pages de table et d'*Errata*. Rarissime.

* Olaechea (don Bartolomé de), aumonier de l'hôpital de Bilbao : Cristauben Doctriñia, in-8, Bayonan 1742.

Astete (G.) : Doctrina cristiana, en bascuence, in-18, Iruñean 1742.

Larramendi (el P. Manuel de) : *Diccionario trilingue del Castellano, bascuence y latin, dedicado à la muy noble y muy leal provincia de Guipuzcoa*, 2 vol. in-folio, en San Sébastian, 1745 (bibliographie considérable).

* Mendiburu (le P. Sébastien de), de la Compagnie de Jésus : Jesusen biotz Maitearen Devocioa, in-8, Pampelune 1747.

Introduction à la vie dévote, traduite par un prêtre

du diocèse de Bayonne, in-18, Bayonne 1748, pp. 564 (d'Abbadie).

* SCHULTZE (Benjamin) : *le Maître de langues orientales et occidentales*, etc., 2 vol. in-8, Leipzig (en allemand). L'Oraison dominicale en 200 langues.

* HARANEDER (M. Joannes de) : Philotea, edo devocioneraco bide erakusçaillea, S. Franses Salescoac, Genevaco aphezpicu eta princeac, Visitacioneco ordenaren fundatçailleac, eguina, etc., in-12, Tolosa, J.-Fr. Robert, 1749.

N. J. D. (Joannes Haraneder, Doctor), curé de St-Jean-de-Luz : *Gudu izpirituala, apezac escaras emana* (traduction du Combat spirituel de Scupoli), etc., petit in-12, Tolosa, chez Robert, 1750, pp. 355.

On lit, dans l'approbation, que la traduction de Sylvain Pouvreau (1665) était déjà inintelligible à cette époque. — Réimprimée in-24, Bayonne, L. M. Cluzeau, 1827, pp. XI-372.

* Urthe sainduco jubilaneco Othoitzac, Bayonaco Gure Jaun aphezpicuaz ordenatuac, in-12, Bayonan 1751, pp. 44.

Trésor des trois langues, française, espagnole et basque, livre très-utile et nécessaire pour ceux qui désirent en avoir l'intelligence, avec un mémoire en espagnol et en français, composé de toutes sortes de mots très-curieux et nécessaires à savoir, aux studieux et amateurs des susdites langues, in-8 oblong, Bayonne, chez Paul Fauvet, imprimeur du roi, de monseigneur l'évêque et de la ville, sans date (1754?), réimprimé en 1684 et 1706.

* BULLET (dom) : *Mémoires sur la langue celtique*, 3 vol. in-folio, Besançon 1754-60.

« D'après un passage (t. I, p. 19), on voit, dit M. F. Michel, que les mots basques doivent se trouver en grand nombre dans l'ouvrage de dom Bullet (p. LXXII). » S'il avait ouvert ce beau travail, il se serait bientôt aperçu que ce Dictionnaire était le seul qui commençât par le basque et qu'il n'était, à la lettre, que la contre-partie de celui de Larramendi.

Jesu-Kristen Imitacionia çuberouaco uscarala, Herri beraurtaco apheç batec, bere Jaun apheçuapiaren baimentouareki utçulia, in-12, Pauben, G. Dugué, eta J. Desbaratz, etc., 1757, pp. XXII-405, plus le titre et cinq feuillets de table. — Montbelliard, Decker, 1828.

Eucologia ttipia, edo eliçaco liburua, Bayonaco diocesacotz, ceiñetan baitdire breviario eta missel berrien arabera cantatcen diren gueiac..., etc., in-12, Parisen 1758. — 1817-1831.

* Catéchisme en langue basque, in-12, Bayonne 1779, 6 f., — 1809.

* Marchand (Prosper) : Dictionnaire historique, ou Mémoires critiques et littéraires, concernant la vie et les ouvrages de divers personnages distingués, particulièrement dans la république des lettres, 2 vol. in-fol., la Haye, 1759 (t. II, p. 15, article : Jean de Leiçarrague).

Francisteguic (M.-G.) : *Jesusen bihotz sacratuaren aldareco Devocionea, meça sainduco exercicio izpiritual batequin*, etc., in-8, Toulouse, pp. VIIIJ 160, 1759, 1831 et 1850. — Nouvelle édition in-24, Bayonnan, Cluzeau, S. D. 10 feuilles et 7/12.

Mendiburu (A.-Sébastien), de la Compagnie de Jésus : *Jesusen amore-nequeci dagozten, cembait otoitz gai, Jesusen compañiaco*, etc. 11 vol. in-12, Pamplona 1760. — Une édition en 3 vol. in-4 parut en même temps.

Perochegui (el coronel don Juan de), Teniente provincial de artilleria, y commandante de la de este regno de Navarra : *Origen de la nacion basconyada y de su lengua, de que han dimanado las Monarquias Española, y Francesa, y la Republica de Venecia, que existen al presente*. Petit in-8, en Pamplona, en la imprenta de los Herederos de Martinez, año de 1760, (pp. XIV-105.) — 17 fr. 50 c. chez Kilaproth, et 30 fr. 50 c. en 1837. (V. de Humboldt.)

Cardaveraz (el P. Augustin), de la Compagnie de Jésus : *Aita san Ingnacioren Egercicioen gañean afectoac, beren egemplo, eta doctrinaquin : edo Egercicioen* 11 *en partea : Jaincoaren ministro celosoai*, etc. Petit in-8, Irunean 1761, pp. 392 et 2 feuillets de table ou d'*Errata*. — Pampelune 1765, pp. 120. — Nouvelle édition in-12, en 1765, à Pampelune, pp. 120. — In-8, Tolosa 1824. pp. 284, et une feuille pour la table.

Le même : *Retorica vascongada*, petit in-8, en Pamplona, par Castilla, 1761.

Cantica izpiritualac, in-8, Bayonan 1763 et in-12 1775, pp. 7; in-12 Bayonan 1815, pp. 80; in-24, Saint-Esprit 1817; petit in-8, *ibid* 1829; petit in-8, Pau 1824-1825; in-18, Bayonne 1826, pp. 56, 1829 (d'Abbadie).

Moret (el P. D. Jose de) : *Investigaciones historicas de las antiguedades del reyno de Navarra*, in-fol., Pamplona año de 1766 (lib. I, cap. V, p. 96 à 117).

Le même : *Congresiones apologeticas sobre la verdad de las investigaciones*, etc, in-fol., Pamplona 1766. (De la poblacion y lengua primitiva de España. Congression XVI, pp. 36.)

Cardaveraz (el P. Augustin) : *Senar emazte sancluac. S. Isidro achurlari, tabere emazte santa Mariaren Bicitza, virtuteac eta milagroac*, in-8 espagnol, Iruñean 1766.

* Leibniz (G. G.) : *Opera omnia. Edente Dutens*, 6 vol. in-4, Genevæ 1768 (collecta etymologica, t. VI, p. 217-220, etc.)

* *Jesus Cristoren imitacionea*, in-12, Bayonan 1769.

* Macpherson (James) : *An introduction to the history of Great Britain*, in-4, London 1771. (p. 76 à 86.)

* Lariz (Fr. X, de) : Vocabulario bascuence (Bibliothèque impériale de Vienne).

Le même : Doctrina cristianea, in-8 espagnol, Bilbao 1775.

Le même (basque et espagnol) : in-8 Madrid 1773 (d'Abbadie).

Larreguy (B.), curé de Bassussarry : *Testamen Çaharreco eta Berrico Historia, M. de Royaumontec egun içan duenetic berriro escararat itçulia...... Lehenbicico liburua. Testament Çaharra,* in-8, Bayonan 1775, pp. xii-377, et 3 pour la table.

Le même publia le t. ii de sa traduction, avec le même titre, dont la fin seulement porte : Bi-garren liburua : Testamen Berria, cembeit Sainduen Bicitcarequin, in-8, Bayonan 1777, pp. 454 ; plus, 2 feuillets de titre et préliminaires, et 3 de table.

* Sablier : Essai sur les langues en général, etc., in-8, Paris, 1777, (p. 49, 92 et 96.)

Jesu Christo gure jaunaren Passioa, euzcarazco versoetan Jesusaren beraren biotz maitatzuari, biotzarequin batora ofrendatzen acoi, Aita san Ignacio Loyolacoaaren seine, in-32, Bilbao 1777, pp. 27, gravure sur bois au verso du frontispice.

* Andredena Mariaren Imitacionea, Jesus Christoren Imitacionearen gañean moldatua. Bayonaco diocezaco Jaun aphez batec francessetic, escuararat itçulia, grand in-12, Bayonan 1778, pp. xxxvi-305.

* Sur les miracles de la Vierge d'Aranzazu, en Guypuzcoa. Soixante quatre quatrains en vers de huit ou de sept syllabes (traduction d'un livre espagnol, par un prêtre du Labourd)....., 1778 (ouvrage perdu).

* Errosario edo Corea Santua, petit in-8, Bilbao 1780.

* Alphonsa Rodriguez, Jesusen compagnhaco aitaren, guiristhinho perfeccioniaren praticaren ppartebat, heuzcarala itçulia, heuscara becco eztakitenen daco, in-12, Avignhonen, Antonio Aubanel, 1772, — pp. 466.

BARATZIART (André), prêtre : Guiristinoki biciceco eta hilceco moldea, in-8, Bayonan 1784, pp. 272.

* MASDEU (l'abbé D. Juan Francisco de) : Historia critica de España y de la cultura española en todo genere, escrita en italiano por, etc., y traducida al idiome español por N. N.; 2 tomes en 1 vol. petit in-4, Madrid 1784.

* HERVAS (l'abbate D. Lorenzo) : Catalogo delle lingue conosciute e notizia delle loro affinita e diversita, in-4, espagnol Cesena, per Gregorio Biasini 1784 (capitolo IV, § 330 à 456.)

UBILLOSCO (Frayle Jn.-Ant.) : Christau doctriñ berriecarlea christañari dagozcan eguia sinis-beharren-berria dacarrena. Jaun Claudio Fleuri, abadeac arguitara atera zuanetic Bi parte etc., edo zatitan berecia, ta erdiratua. Lendavicico zatiac dacar, Jaincoaren legue zarrean, ta berian guertaturicaco gauzen berri laburra : Bigarrenac, Christavac jaquin, ta sinistu behardituan, eguien eracustea, ta icas-videa. Petit in-8 espagnol. Tolosa 1785, pp. 224 et trois feuilles de table ou d'*Errata.*

* BASTIDE (Mathieu Chiniac de la) : Dissertation et notes sur le Basque; in-8, Paris, Monory (1786), t. I, le seul qui ait paru de la traduction de César. Très-rare.

* PALLAS : Linguarum totius orbis vocabularia comparativa; sectionis primæ, linguas Europæ et Asiæ complexæ (pars prior et secunda); 2 vol. in-4, Petropolit. 1786-89.

* Guiristinoki biciceco eta hilceco Moldea, etc., in-18, Bayonan 1787, pp. 310. (Par opposition aux grandes Méditations de Duhalde, on nomme celle-ci : les Petites-Méditations.)

* Sermon de l'abbé Saint-Antoine, abbé de D. Miguel : Ignacio de Zavaleta, in-8, Tolosa, chez Lama père, 1786.

Cardaveraz (el P. Augustin), de la compagnie de Jésus : Ondo illtcen icusteco, eta ondo illtcen laguntes Egercicioac. Ondo ill nai dutenai, ta ondo illtcen lagundu naduten Jaincoaren Ministroai, Jesus en compañiaco aita Agustin Cardaberazec esqüentcen diztenac, in-8 espagnol, Tolosan 1787, (pp. IV-110.)

* Masdeu (l'abbate Joan. Francesco de) : Storia critica di Spagna e della coltura spagnuola in ogni genere, in-4, Firenza 1787 (t. I, Spagna antiqua, parte prima).

* Hervas (l'abbate Lorenzo) : Saggio prattico delle lingue, con prolegomeni e una raccolta di Orazioni dominicali in piu trecente lingue, dialetti, etc., in-4, Cesena Biasini 1787.

* Trebos (Fr.) : Liburu saltçaillea baitan, Apoumaiouco carrican, in-12, Bayonan 1788 (pp. 506) (Voyez : 1720.)

* Sanadon (dom) : Essai sur la noblesse des Basques, pour servir d'introduction à l'Histoire générale de ces peuples, rédigé sur les mémoires d'un militaire basque, par un ami de la nation, in-8, Paris 1788.

* Revol (J[h] de), évêque d'Oléron : Catechisma Oloroeco diocesaren cerbutchuco, etc., etc., in-12, Pau, J.-P. Vignancour, 1788, (pp. VIII-94.)

Cahier des Vœux et des Instructions des Basques français du Labourt, pour leurs députés aux Etats généraux de la nation, in-folio, Bayonne, Paul Fauvet, 1789 (colonne française et l'autre basque).

* Persecucionezco dembora huntan Christañ leyalec itchiqui behar duten bicimoldea, in-12, sans date ni nom d'imprimeur, pp. 30.

Beaumont, Instructionea gazteriarentçat, in-18..... (1793), pp. 24.

* Aisa san Ignacio Loyolacoaren exercicioac beren consideracioa ta afectoaquin, petit in-8, Tolosan 1790, 13 f.

* (LATOUR D'AUVERGNE-CORRET), Nouvelles recherches sur la langue, l'origine et les antiquités des Bretons, in-8, Bayonne 1792 (p. 33 à 36).

XIXe SIÈCLE.

TRAGGIA (don Joaquin) : Diccionario geografico. — Historia de España, t. II, p. 151, col. 2. – p. 166, col. 1, art. XIII du mot NAVARRA.

MOGUEL (don Juan, Antonio de), curé de Marquina : Confesio ta comunioco sacramentua gañean eracusteac, etc., in-4 espagnol, Pampelona, chez la veuve Ezquerro, 1800.

* HERVAZ (el abate don Lorenzo) : *Catalogo de las lenguas de las naciones conocidas, y numeracion, division y classes des estas segun la diversidad de sus idiomas y dialectos*, 4 vol. in-4 espagnol, Madrid, 1800 (t. 1, p. 224 et seqq.)

* LATOUR D'AUVERGNE-CORRET, premier grenadier de France : *Origines gauloises, celles des plus anciens peuples de l'Europe, puisées dans leur vraie source*, etc., in-8, Hambourg chez Fauche, et à Paris 1801. (De la langue des Basques regardée comme un dialecte des Celtes, p. 125 à 132).

MOGUEL (don J. Antonio), curé de Marguina : Nomenclatura de las voces guipuzcoanas sus correspondientes vizcaynas y castellanas para que se puedan entender ambos dialectos, in-4, S. L. N. D.

Le même : ***Morceaux choisis des Catilinaires***, in-12, Tolosa, chez La Lama, 1802.

Le même . *Cofesina ona*, in-8, Vittoria, 1802 (p. 300 à 400). (Peut-être est-ce une autre édition de l'ouvrage publié deux ans auparavant ?)

Diccionario geographico-historico de España por la real Academia de la Historia, 2 vol. in-4, Madrid 1802, t. I, p. 72, col. 1, — p. 164, col. 2. Six vers du chant sur la bataille de Beotivar, du 19 septembre 1321. — p. 327, col. 1. Distique sur la danse des épées, qu'on retrouve dans le département des Hautes-Alpes. — t. II, p. 151, col. 2. — p. 166, col. 1, art. XIII. Verbo NAVARRA où se lit l'article de Joaquin Traggia, *del Origen de la lengua vascongada*. — p. 344, une octave du poëme comique du P. Dominique Meagher de Valladolid, sur les propriétés du vin. — p. 385, col. 1. Quatre vers d'une chanson en l'honneur de Domenjon Gonzalez de Andia.

Uscarra Libria, in-12, Vittoria 1802, pp. 196.— In-18, Limoges, S. D., 1824, chez Chapoulard, imprimeur; six feuilles 2/3, petit in-12, Bayonan 1825 (1).

* AÑIBARRO (le P. Fr.-Pierre-Antoine) : Lora sorta espirituala, in-8, Tolosa, chez D.-Fr. de La Lama, 1803.

Uscara Libru berria, in-12....., 1804, pp. 196. — in-18, Limoges, 6 feuilles 2/3. — in-12, Bayonne, sept feuilles. (Lehen editionia.)

ASTARLOA (don Pablo Pedro de), Presbitero : *Apologia de la lengua bascongada, o ensayo critico filosofico de su perfeccion y antiquedad sobre todas las que se conocen : en respuesta a los reparos propuestos en el Diccionario geografico-historico de España, tomo segundo. palabra Nabarra.* in-4 Espagnol, Madrid 1803. (pp. XXIV-452.)

(1) M. F. Michel prétend que ce livre est écrit en vasco-souletin?

*Jubilan guisa ematen den perdunantça osoaren Crida edo publicacionea, aita saindu Pio, etc., in-12, Bayonan 1805, pp. 77e 1/2.

Sorreguieta (don Thomas de), presbitero : *Semana hispano-bascongada, la unica de la Europa y la mas antigua del orbe, con dos suplementos de otros ciclos, y etymologias bascongadas.* — Primera parte, dedicada a la muy noble y muy leal provincia de Guipuzcoa por su autor, etc., con privilegio real, in-4, en Pamplona, por la viuda y hijo de Longas, año de 1804 (pp. xi-208). Rarissime.

Le même : *Monumentos del Bascuence, o Prosecucion de los precedentes del astea, eguna, illa, urtea y demas.* — Hay Juan Antonio Ubilloscoac Eusquerara itzulia. Segunda parte, dedicada a la muy noble y muy leal provincia de Guipuzcoa, con privilegio real, in-4 espagnol en Pamplona, etc., año de 1804 (pp. 134, et un tableau synoptique). Rarissime.

* Moguel (doña Vicenta Antonia de), y Juan Antonio de Moguel (Satio): Ipui onac, in-8, St-Sébastien 1804.

* *Carta de un Bascongado al Señor D. Tomas de Sorreguieta, advertiendole varias equivocaciones que ha padecido en su obra,* in-8, Madrid, en la imprenta de Caño 1804.

*Diario de Madrid del 12 mars 1804 (article anonyme contre la *Semana Bascongada* : sous le titre de : *el Español.*)

* Moguel (V. A.): *Ta Euquezabal Ipui onac : ceintzuetan arquituco ditusten euscaldun necazari ta gazte gueiac eracaste ederrac beren vicitza zucentzeco,* in-8, Donostian 1804.

D. J. A. C. (Conde), cura de Montuenga : Censura critica de la pretendida excelencia y antiguedad del Vascuence, petit in-8 espagnol, Madrid, en la imprenta real, año de 1804 (pp. 85.)

Astarloa (don Pablo Pedro de) : Reflexiones filosoficas en defensa de la Apologia de la lengua Bascongada, o respuesta a la critica del cura de Montuenga, in-8 espagnol, Madrid 1804.

* Marcel (J. J.) : Oratio dominica cl linguis versa et propriis cujusque linguæ characteribus plerumque expressa edente, etc., grand in-4, typis imperial. 1805.

* Sorreguieta (don Tomas de) : Triunfo de la semana Hispano-bascongada y del Bascuence contra varios censores enmascarados. En tres cartas dirigidas à dos literatos Españoles, petit in-8 espagnol, Madrid, en la imprenta de Ibarra 1805 (pp. 150), rarissime.

* Adelung et Vater : Mithridates, oder allgemeine sprachenkunde, etc., 6 vol. in-4, et un fascicule contenant des specimina de plusieurs langues, Berlin 1806-17. (Oraison dominicale en 500 langues.)

*Abecedea Escuaraz iracurten ikhasi nahi dutenenzat, in-12, Bayonan 1805. pp. 56.

* Duhalde, fils d'un notaire de Saint-Pé : Fables de la Fontaine, traduites en basque.

Erro y Aspiroz (don Juan Bautista), ancien ministre du prétendant (don Carlos) contador principal por S. M. de rentas reales, propios y arbitrios de la ciudad y provincia de Soria : Alfabeto de la lengua primitiva de España, y explicacion de sus mas antiguos monumentos, de inscripciones y medallas, in-4, Madrid, en la imprenta de Repulles 1806 (pp. v-164 et 13 planches) Rare.

Ouvrage analysé par Eloy Johanneau, dans les Mémoires de l'Académie celtique, dont il a été fait un tirage à part, offrant ceci de remarquable qu'il contient plus et moins que ce recueil. Du reste, voici comment l'auteur lui-même s'exprime, à ce sujet, dans une note qu'il avait jointe à son exemplaire, qu'il nous donna le 27 décembre 1841 :

N. B. Ce volume, qui n'a pas été terminé et qui ne contient pas même tout ce qui a été imprimé dans les Mémoires de l'Académie celtique (1), est une traduction par extrait : 1° de l'ouvrage de Erro; 2° de la critique qu'en a faite le curé de Montuenga; 3° de l'Essai de Velazquez, auquel j'ai ajouté : 1° un avertissement de six pages; 2° l'annonce que j'avais faite dans le *Moniteur* du premier de ces trois ouvrages, lorsqu'il parut; 3° quinze notes imprimées; 4° dix caractères celtibériens, avec leur valeur à la planche v.

TABLE DES PLANCHES.

Planches I et II, in-8, alphabet celtibérien.
Pl. III, in-8, deux inscriptions celtibériennes.
Pl. IV, in-8, quatre inscriptions celtibériennes.
Pl. V, in-8, une inscription celtibérienne et addition à l'alphabet celtibérien de Erro.
Pl. VI, in-8, inscription celtibérienne.
Pl. VII, in-4, alphabet celtibérien et turdetain de Velasquez.

E. J.

A la page 4 de cette analyse, E. Johanneau dit qu'il regardait avec Erro le basque comme étant l'ancienne langue de l'Hispanie; puis, au bas de la page, il écrivit presque immédiatement : *J'ai changé presque aussitôt d'opinion à ce sujet*, *ainsi que pour le breton et le gallois.* Cette opinion dernière, il la professa jusqu'à sa mort, pour adopter complétement celle du curé de Montuenga, dans laquelle toutes ses recherches ultérieures ne firent que le confirmer. Il garda donc pendant si peu de temps l'opinion, ou plutôt la préoccupation des Larramendi, des Astarloa, etc., que dans deux notes postérieures (p. 18 et 19) il la combattit déjà (2).

D. J. A. C., cura de Montuenga. Censura critica del Alfabeto primitivo de España, y pretendidos monumentos literarios del Vascuence. Petit in-8, en la imprenta real, 1806, pp. 70.

* Francesen Impereadoaren eremuetaco eliça gucietacotz eguina-den Catichimæ, J.-J. Loison, Bayonaco Jaun Aphezpicuaren manuz imprimatua, in-12, Bayonan 1807, pp. 96. — La deuxième édition est de 1812.

(1) Il manque à ce tirage à part : 1° les 22 dernières pages de ma traduction de Velazquez, qui sont imprimées p. 428 du t. III et 484 du t. IV des Mémoires de l'Académie celtique; 2° 19 pages de mon manuscrit, d'une écriture fine et serrée, ce qui fait environ quatre feuilles d'impression. E. J.

(2) Je lis ce qui suit dans le roman philologique publié en 1857 par M. Michel : Ainsi se trouve confirmée la théorie du P. Larramendi *et ruinée sans retour celle de M. Pierquin de Gembloux*, dont j'ai eu l'occasion de parler en des termes, qu'il ne lui serait pas agréable de retrouver ici, etc., etc.; (*Le Pays basque*, etc., p. 584.)

D. J. B. E. Observaciones filosoficas en favor del alfabeto primitivo, o respuesta apologetica à la censura critica del cura de Montuenga, in-4 espagnol, Pamplona, en la imprenta de Longas, año de 1807. — pp. 11-196.

Analysé par E. Johanneau. (*Voy.* la note précédente.)

GOLDMANN (Georges-Auguste-Frid.) : Commentatio quatrinarum linguarum Vasconum, Belgarum et Celtarum, quarum reliquiae in linguis Vasconica, Cymry, et Galici supersunt, discrimen et diversa cujusque indoles docetur, in certamine litterario civium Academiæ Georgiæ Augustæ, die IV junii 1807... proemio ornata, in-4, Gottingae. Typis Heinr. Dieterich (1807), pp. 64.

*Essai de quelques notes sur la langue basque, par un vicaire de campagne, sauvage d'origine, in-12, Bayonne 1808.

(DUHALDE) : Meditacioneac gei premiatsuenen gainean, cembait abisuekin, othoitcekin eta bicitceco erregela batekin. Arima jaincotiarren oneraco Bayonaco diocesaco Eliza-gizon batec eginac, in-8, Bayonan 1809, pp. IV-582 et un feuillet d'*Errata*.

C'est l'ouvrage désigné par l'expression de Grandes Méditations de Duhalde. (*Duhaldezen meditationeac handiac.*)

DEPPING : Histoire générale de l'Espagne, etc., 2 vol., Paris 1811, t. I, p XXXIII, en note.

REHFUES (J. F.) : l'Espagne en mil huit cent huit, etc., 2 vol. in-8, Paris et Strasbourg, Treuttel et Wurtz 1811, (t. I, pp. 321 et seqq.)

*Le même : la Langue et la Littérature des Basques de l'Espagne en 1808, in-8, Paris et Strasbourg, Treuttel et Wurtz 1811.

Cantiques et Catéchisme en basque, 2 vol. in-12, Bayonne 1813 (bibliothèque de Courcelles).

* ERRO Y ASPIROZ (don Juan-Bautista) : el Mundo primitivo o ensayo sobre la antiguedad y la civilisacion de la nacion bascongada, in-4, Madrid 1814 (pp. XX-304, t. 1ro.)

* Francesen Imperadoaren eremuetaraco eliça gucie taracotz eguina den Catichima, in-8, Bayonne, Chereau frères, 1814.

* Mercure de France, in-8, Paris 1814, no de juillet (sur le basque de Rabelais).

* Cantico izpiritualac, dembora gucietaco hainitz abantaillosac ; guehienac erreberrituac, eta hurren eçagutuac etcirenez emendatuac, in-18, Bayonan, Fauvet jeune, août 1815 ; — in-8, Bayonne (Pau), Vignancourt 1814 ; — in-8, Bayonan 1825 ; — in-8, St-Esprit, imprimerie Ducluzeau, 1829.

* CATICHIMA edo fedaren eta guiristino-eguien explicacione laburra, etc., in-8, Bayonan, Ducluzeau, 1815 ; — in-12, Bayonan, le même 1832.

* Guiristinoen doctrina laburra, in-8, Bayonan, Ducluzeau 1815.

* Uscarra libria confessionaz, communionaz eta meçac sacrificio sanitiaz breituco erreglamentu baleki, petit in-12, Bayonan, imprenta Ducluzeau 1815.

* Guiristinoqui bicitceco eta hiltaco maldeac, in-18, Bayonan, Ducluzeau 1816 ; — in-24, *ibid.* 1824 ; — le même 1839.

* Cantico izpiritualac, lehen eçagutuci hanitçac iratchiquiac, artha edo ohartçapeneguin cantatuz, etc., Fauvet, Bayonne (1816.), — Pau 1824. — Bayonne 1844.

* Guiristinoen doctrina laburra haur gastec irakharteco, in-16, Bayonan, Ducluzeau 1816.

ASTARLOA (le P. François Pierre), prédicateur célèbre de l'ordre de Saint-François et frère du savant linguiste :

Urteco domeca gustijetaraco verbaldi icabisdecuac ceinzubetan azalduten dan erromaco catecismua, etc., componduba Aita, etc., in-8, Bilbon, 1816, pp. XLII-275, plus quatre feuillets liminaires et cinq pages de table.

A la suite du titre, le second volume porte : *Bigarren liburuba*, in-8, Bilbao 1818, pp. XV-290, plus un feuillet d'*Errata* et 48 pages à la fin.

* D. J.-J. de M. (don Juan José de MOGUEL, curé de Marquina) : Traité (en dialogue) sur l'éducation des enfants, in-8, Bilbao, chez D. Pedro Antonio de Apraiz, 1816.

SANTA TERESA (el P. Fr. Bartolome de), prédicateur des carmes déchaux de Marquina : Jaungoicoaren amar aguindubeetaco lelengo bosteen icasiquizunac, Aita, etc., in-8, Pamplona, 1816, pp. 278.

Le même : Jaungoicoaren amar aguindubeetaco asqueneco bosteen icasiquizunac, in-8, Pamplona 1817, pp. 300.

* Le même : Euscal-erri-jetaco olgueta ta dantzen neurrizco gatz ospin duba, petit in-8, Pamplona, chez Joaquin Domingo, 1816.

* RANCY (de) : Description géographique, historique et statistique de la Navarre, contenant la notice historique de son État ancien et moderne, sa division territoriale, civile, politique, etc., etc., in-8, Paris 1817.

Eucologia ttipia, edo eliçaco liburua Bayonaco diocesacotz, in-16, Bayonan 1817, pp. 596 ; — 1817, pp. 612; — in-16, 1831, dix-neuf feuilles. — 1843, pp. 50.

HUMBOLDT (Willelm von) : Berichtigungen und Zusätze zum ersten Abschnitt des zweiten Bandes des Mithridates über die Cantabrische und Baskische Sprache, in-8, Berlin 1817, pp. 94.

Additions et rectifications au premier chapitre du deuxième volume du Mithridates d'Adelung et Vater, dans lesquelles se trouve la chanson composée en mémoire de la bataille de Beotivar, gagnée le 19 septembre 1331, par les habitants du Guipuzcoa sur les Navarrais.

DEPPING : Romancero castellano, in-12, Leipzik 1817. (p. XXI, chant en mémoire de la bataille de Beotivar, traduit plus tard en basque) — édition de 1844 (t. 1, p. LXI, et une autre vieille chanson rapportée par le général Saint-Yon).

* DEVILLE (J. M. Jos.) : Annales de Bigorre, in-8, Paris 1818.

ZAMACOLA (don J. A. de) : Historia de las Naciones Bascas de una y otra parte del Pirineo septentrional y costas del mar cantabrico desde sus primeros pobladores hasta nuestros dias, etc., escrita en español por, etc., 3 vol. in-8, Auch, en la imprenta de la viuda Duprat, impresora del Rey y de la Ciudad, 1818. (t. II, pp. 305 à 346).

* ARNDT (Chr. Gottlieb) : Ueber den Ursprung und die verschiedenartige Werwandtschafft der Europæischen Sprachen, etc., in-8, Francfurt am Main, Bronner 1818, pp. 20.

* MOGUEL (don Juan-Antonio), curé de Marquina : la Historia et la Geografia de España, illustradas por el idioma bascuence en que se da la noticia de los antiguos cantabros ; de la unitad del idioma primitivo español contra el systema del abate Masdeu : demostracion de los vocables bascongados que se hallen en toda la Peninsula segun el mapo general de España : nombres de la Historia antigua de ella y nomenclatura de Cataluña por, etc., in-fol. en doze cuadernillos.....

Le même : Cristanaubaren Jacquin videa. (L'auteur accommoda plus tard son excellent travail au phonopolisme de la vicairie de Busturia, sous le titre de : *Cristiñau Doctriña.*

Le même : Nomenclatura de las voces guipuscoanas : sus correspondientes Viscaynas y Castellanas para que se pueden entender ambos dialectos, in-4, pp. 8.

Eleisaco zazpi sacramentuben Icasiquizunac III Satya, 3 vol. in-8, Bayonan 1819, pp. 376.

* ADELUNG (Fried) : Ubersicht aller bekannten sprachen, etc., in-8, Saint-Pétesburg 1820. pp. 185.

* MOGUEL (D. J.-José de), curé de Marquina : Egunoroco lan on, ta erregubac, in-8.

* SALES (San Francisco de) : Devociozeo vicitzaraco sarrera, aita fray José Erciz Etcheverria euscarraz ipini duena, in-8, Tolosa 1821.

* ETCHEVERRIA (fray José Erciz). Voyez l'ouvrage précédent.

MUSCAL Y GUSMAN (F. D.) : Miscellanea litteraria, in-4, Madrid, S. D.

HUMBOLDT (Willelm von) : Prüfung der untersuchungen über die Urbewohner Hispaniens vermittelst der Vaskiscnen sprache, in-4, Berlin, Ferdinand Dummler 1821. pp. VIII-192.

Réimprimé dans les Œuvres complètes de l'auteur, in-8, Berlin, G. Renner 1841, t. III, p. 1 à 214, et analysé dans le t. I (p. 437 à 447), de l'Histoire de France de Michelet. — Compte rendu de ce travail par Sylvestre de Sacy (*Journal des savants*, année 1821, p. 587-593 et 643-650).

* AGUIRRE (D.-J.-B.) : Confessioco eta communioco sacramentuan guñean eraculçadiac, in-8, Tolosa 1823.

* Grammaire basque, 2 vol. in-8, Paris 1823.

Catichima edo fedea laburzki, in-12, Bayonan 1823, pp. 132, in-12, à St-Esprit, 1832.

G. B. Souvenirs des pays basques et des Pyrenées, in-8, Paris 1823.

LUDEMANN (Wilhelm von) : Züge durch die Hochgebirge und Thaledes, Pyrenaen im lahre 1822; in-8, Berlin, Dunckor et Humblot 1825, p. 313-326.

Iztueta (don Juan Ignacio de), né à Zaldivia, loyal bourg du Guipuzcoa, et surnommé le Barde basque, mort le 20 mai 1845, à Mondragon, âgé de 81 ans : Guipuscoaco Dantza gogoangarrien Condaira edo Historia beren soñu zar, eta itz neurtu edo versoaquin. Baita berac ongui dantzatzeco iracaste edo instrucicoac ere. obrabalio andicoa eta chit premiascoa, Guipuscoatarren jostaldia gaitzic gabecoaquin lendabicico etorqui España arqui eta garbi aien oitura maitagarrien gordacaiatceco. Berraren eguillea, etc., in-8, Donostian 1824, pp. vi-185, et 9 feuillets, le titre et les liminaires.

Echeverria (Fr. José Cruz de) : Devociozco vicitzaren sarrera, in-8, Tolosa 1824.

Chaho (J.-Augustin) : Comparaison du basque avec le sanscrit, ad calcem *Journal de la Société asiatique*, in-8, Paris 1824, cah. xvi.

*Exercicio izpirituala, in-12, Bayonan 1824.

*Uscarra libria confessinaz, etc., in-12, Bayonan 1824.

Cantico izpiritualac, in-12, Bayonan 1824.

*Guiristinoqui licitceco, in-12, Bayonan S. D. (1824?)

Jesus Christoren Evangelio saindua, S. Mathiuren arabera. Itçulia escuarara, lapurdico Lenguayaz, in-8, Bayonan, Lamaigniere imprimerian 1825, pp. 82 et 1 feuillet d'errata.

Curutcearen Bidearen gaineco Instruccione laburra, petit in-8, Bayonan, Fauvet 1825, une feuille.

*(Coquebert de Montbret) : Mélange sur les langues, dialectes et patois, précédé d'un Essai sur une géographie de la langue française, in-8, Paris 1825-1831, p. 17 et 92.

Iharce de Bidassouet (l'abbé d'), d'Hasparen, maître

de pension : Histoire des cantabres ou des premiers colons de toute l'Europe, avec celle des Basques, leurs descendants directs, qui existent encore et leur langue asiatique-basque, traduite et réduite aux principes de la langue française, in-8, Paris 1825, chez Jules Didot, t. I, pp. XVIII-416.

IZTUETA (D. J. Ignacio de) : Euscaldun anciña anciñaco ta are lendabicico etorquien Dantza on iritci pozcarri gaitzic gabecoen soñu gogoangarriac beren itz neurtu edo versoaquin, in-fol., Donastian 1826, pp. 35, plus 3 feuillets de titre et de liminaires.

Irakhaspena eta othoitzac 1826, urthe sainduco jubilanecotçat, etc., in-12, Bayonne 1826, pp. 92.

FLEURY-LECLUSE : Dissertation sur la langue basque, lue à l'Académie des sciences de Toulouse, le 26 février 1824, in-8, Toulouse, Vieusseux 1826, pp. 32 (tirage à part).

Le même : Ηγθον, ἶδον, έίγον, Manuel de la langue basque. Première partie : Grammaire, in-8, Toulouse 1826, pp. 112. — Deuxième partie : Vocabulaire, p. 113 à 124 (Bibliographie § III). (*Voyez* l'analyse insérée dans le *Journal de la Haute-Garonne* du 3 juin, et l'ouvrage suivant.)

*LOR. URHERSIGARRIA (voisin dont il faut se garer : Pseudonyme) : Examen critique du Manuel de la langue basque (de Lécluze), in-8, Bayonne et Mauleon (Toulouse), décembre 1826, 2 feuilles.

* ADER . Résumé de l'Histoire du Béarn et de la Gascogne supérieure et des Basques, in-18, Paris 1826.

BALBI (Adrien) : Atlas ethnographique du Globe, in-8, Paris 1826, t. I. Introduction, p. 162 et seq. — Atlas in plano, tableau XI.

ABBADIE (A. M. d'), père du savant collaborateur de

M. Chaho. Prospectus d'un Dictionnaire Basque, Espagnol et Français, in-8, Toulouse 1827, pp. 28.

* Añibarro (P.-A.) : Bici bidi Jesus esculiburua eta berean eguneango cristianau eereguinac Biscayno euskeran iminiac. Urteten dau irugarrenes beardan leguez, in-12, Tolosa 1827 (Guipuscoan).

Darrigolle (l'abbé) : Dissertation critique et apologétique sur la langue basque, par un ecclésiastique du diocèse de Bayonne, in-8, Bayonne, de l'imprimerie de Duhart-Fauvet, sans date (1827), pp. iv-163.

* Moguel (J. J.) : Plauto bascongado, el bascuenceco de Plauto en su comedia Pœnulo, petit in-8, Tolosa 1828.

* Urhersiagaria (Lor.) : Plauto Poligloto, o sea hablando hebreo, cantabro, celtico, irlandés, hungaro etc., seguido de una respuesta à la impugnacion del manual de la lengua basca, in-12, Tolosa 1828,

* Santa Teresa (el P. Bartolomeo de) : Dissertacion sobre la escena punica de Plauto, ad calcem : El Diario titulado : El universal. del primero de marso 1828.

* Jesus-Christo Gure Jaunarem Testament Berria. Lapurdico escuararat itçulia, in-8, Bayonan Lamaigneren, Bournefteco Carrican, n° 66, 1828, pp. 584 et 3 feuillets de titres ou de table, et 3 pages d'errata. — Ebangelio saindua S. Luka, areberera xv, capitulua v.

* Arbanere (Et.-Gabriel) : *Tableau des Pyrénées françaises, contenant une description complète de cette chaîne de montagnes et de ses principales vallées, depuis la Méditerranée jusqu'à l'Océan, accompagnée d'observations sur le caractère, les mœurs et les idiomes des peuples des Pyrénées*, etc., 2 vol. in-8, Paris 1828.

* *The Alphabet of the primitive language of Spein and philosophical examination of the antiquity and civilisation*

of the basque people. An extract from the Works of don Juan Bautista de Erro, in-8, Boston 1829.

Harambourе, supérieur du petit séminaire de Laressorre : Egun ona, edo egunaren santificatceco moldea languile, nehkaçale eta basterretcharençat liburu presuna suerthe gucientzat progotchosa, orai fransesetic Escuarat itzulia eta asco gaucez emendatua Bayonaco diocesaco eliça guiçon batez, in-18, Saltcen da Bayonan, Cluzeau en 1829, pp. 192.

Imitation de Jésus-Christ, in-12, Tolosa 1829 (Guipuzcoan).

Istueta (D. Juan-Ignacio) : Carta de etc al Prebistero D. Juan Jose Moguel, sobre un folleto titulado : Plauto bascongado, escrito por el R. P. Fr. Bartolomé de Santa Teresa, y publicado por el mismo sr Moguel, con licencia, in-18, en la imprenta de Ignacio Ramon Paroja, año de 1829, p. 43.

* Klaproth (J.) : Asia polyglotta, 2e édition, in-4, Paris, Schubert, 1829.

Dumege (Alexandre) : Statistique générale des départements pyrénéens ou des provinces de Guyenne et de Languedoc, 2 vol. in-8, Paris, Truttel et Wurtz 1829, t. II, p. 123, 285 à 292.

* Diffenbach (Dr Lor.) : Celtica sprachliche documents zur geschichte der Kelten : Zugleich als Beitrag zur Sprachforschung überhaupt, 3 vol. in-8, Stuttgard 1839-40. t. III, p. 5 et seqq. (Die Ibrischer Kelten, p. 13 et seqq.)

* Buchon : Revue trimestrielle, grand in-8, Paris 1830. t. III, p. 90 à 104.

* Jesusen bihotz sakratuaren alderako debocionearen exercieco izpiritualac, in-24, Bayonan, Cluzeau 1831.

*Eucologia ttipia edo eliçaco liburua Bayonaco diocesaco ceinetaco, etc., editione berria, in-16, Mme ve Cluzeau, 1831.

Fleury-Lecluze : Sermon sur la montagne, en grec et en basque (emprunté à la tradition de Leiçarraga. Voyez ce nom au xvie siècle), précédé du paradigme de la conjugaison basque, in-8, Toulouse 1831, pp. 24.

Reid (John) : Bibliotheca scoto-celtica, etc., in-8, Glasgow, 1832.

Ludemann (Wilh. Von) : Züge durch die Hochgebirge und Thäler der Pyreneen, im iahre 1832, in-8, Berlin 1832. p. 313–326.

Astete (el P. Gaspard) : Doctrina christiana, etc., in-16, Tolosa 1832, pp. 72.

Cardaveraz (el P. Augustin) : Escu librua, in-16, Tolosan 1832, pp. 240.

Le même : Livre de dévotion, etc., in-16, Tolosa, S. D. pp. 192 et 28 de cantiques.

*Pott (le Dr Auguste, fr.) : Etymologische Forschungen auf dem Gebiete der indogermanischen Sprachen, etc., in-8, Lemgo 1833.

Chaho (J. Augustin) : De l'origine des Euskariens ou Basques, ad calc. *Revue du Midi*, in-8, Toulouse 1833. p. 141 à 158.

Walkenaer (bon) : Encyclopédie des gens du monde, in-8, Paris 1833 (t. iii, vo *Basque*, p. 113 à 119).

*Garai : Dictionnaire de la conversation et de la lecture, in-8, Paris, Belin-Mandar 1833 (t. iii, p. 433 et seqq., vo *Basque*).

Richard : Guide aux Pyrénées, in-8, Paris 1834.

Chaho (J. Augustin) : Azti-Beguia, Agosti Chaho Bassaburutarrak, Ziberou herri Maïtiari, Pariserik igorririk, beste hanitchen aitzindari, arguidibian, goiz izarra, in-8, Paris, librairie orientale de Prosper Dondey-Dupré, 1834, pp. 14.

GARAI : Journal de l'Institut historique, première année, t. I, n° d'octobre, 3e livraison, grand in-8, Paris 1835, p. 179.

C'est le texte et la traduction du prétendu chant d'Altabiçar, sur la bataille de Roncevaux, en huit couplets, de six vers chacun, si toutefois on peut nommer ainsi des lignes irrégulières, quant au nombre, à la mesure et aux rimes.

PIERQUIN DE GEMBLOUX : Origine de la langue basque ramenée au XIe siècle, ad calcem : Charles Malo ; la France littéraire, n° de septembre 1835 (t. XXI, p. 129 à 145.)

* MOKE (H. G) : Histoire des Francs, 2 vol. in-8, Paris 1835 (t. I, p. 217 à 224).

* PEIGNOT (Gabriel) : Monuments de la langue française depuis son origine jusqu'au XVIIe siècle, ad calcem : Charles Malo, *France littéraire*, IVe année, mai 1835, ve livraison, p. 54.

* AMPÈRE (J.-J.) : Compte rendu de sa deuxième leçon du Cours de littérature française (sur les Ibères), ad calcem : *Journal de l'instruction publique* du 31 décembre 1835.

* PARAVEY (M. de) : Mémoire sur l'origine japonaise, arabe et basque de la civilisation des peuples du plateau de Bogota, d'après les travaux récents de MM. de Humboldt et Siebold, in-8, Paris 1835. (Extrait des *Annales de philosophie chrétienne*, n° 56, et combattu par M. de Humboldt dans la *Gazette de Berlin* du 9 mars 1835.)

LAGARDE (Prosper) : Voyage dans le pays Basque, et aux bains de Biarritz, mars 1835, contenant des observations sur la langue des Basques, leurs mœurs, leurs caractères, etc., in-18, Paris, Audin 1835, p. 44-51 et 198-200.

* CHAUSENQUE : Les Pyrénées, ou Voyages pédestres dans toutes les régions de ces montagnes, depuis l'Océan jusqu'à la Méditerranée, contenant la description générale de cette chaîne; des observations botaniques et géologiques, des remarques sur l'histoire, les mœurs et les idiomes des diverses races qui l'habitent, 2 vol. n-8, Paris 1835-40.

* DUFOUR (Léon) : Acta Linneana Societatis Burdigalensis, in-8, Bordeaux 1836, t. VIII, p. 102.

* Essai historique sur les provinces basques, in-8, Paris 1836.

EICHOFF : Parallèle des langues de l'Europe et de l'Inde, in-4, Paris 1836 (p. 12 et seqq., 42.)

ABBADIE (A. Th. d') et CHAHO (J. Augustin) de Navarre : Etudes grammaticales sur la langue euscarienne, in-8, Toulouse 1836; douze feuilles (l'article bibliographique, mis à profit également par M. F. Michel, remplit les pages 28 à 50).

FAURIEL : Histoire de la Gaule méridionale sous la domination des conquérants germains, 4 vol. in-8, Paris 1836, t. II, p. 354 et seq. 507 à 528. — Il cite l'*Altabiçar cantua* et en donne une traduction.

CHAHO (J.-Augustin) : Voyage en Navarre pendant l'insurrection des Basques, avec portraits et costumes, in-8, Paris, Arthus Bertrand, 1836, pp. VIII-II-456; plus, deux feuillets de titre.

A la page 29, trois couplets d'une romance souletine, avec variantes labourdines; p. 69, noms des mois labourdins; p. 82, six vers d'un chant basque; p. 194 et seq., vieux couplet arrangé en l'honneur de Zumala-Carreguy; p. 250 et seq., nomenclature zoologique; p. 313, sur le *Gueroco guero* d'Axular; p. 347, huit vers seulement d'une chanson sur le Mulet de la Forge; p. 356, premier couplet de huit vers d'une romance souletine; p. 383, racines basques; p. 386 à 388, de l'Eskuara et de son ancienneté.

CHAHO (J.-Augustin) : Lettre à M. Xavier Raymond sur les analogies qui existent entre la langue basque et le sanscrit, in-8, Paris 1836, pp. 39. (Réponse à un feuilleton du journal le *Temps* du 6 janvier 1836, intitulé : Voyage en Navarre pendant l'insurrection des Basques.

ROSSEW-SAINT-HILAIRE : Histoire d'Espagne, 2 vol. in-8, Paris 1836-37, t. I, p. 454; t. II, p. 459, chant d'Altabiçar (altabiçaren cantua).

VIC (dom Claude) et VAÏSSETTE (dom J.) : Histoire générale du Languedoc, etc., commentée et continuée jusqu'en 1830 par Alexandre du Mége, grand in-8, Toulouse 1840, t. I, p. 646 à 649, reproduction du chant d'Altabiçar, mis au jour par W. von Humboldt dans le supplément au Mithridates de Vater, avec la traduction littérale de Fauriel. (*Voy.* ce nom.)

MICHEL (F.) : Chanson de Roland ou de Roncevaux, in-8, Paris, Silvestre 1837 (p. 225 à 227, l'*Altabiçaren cantua.*)

GRASLIN (L.-F.) : De l'Ibérie, ou Essai sur l'origine des premières populations de l'Espagne, in-8, Paris 1838, pp. 226 à 279.

* STOEGER (Franç.-X.) : Oratio dominica polyglotta, singularum linguarum expressa et delineationibus Alberti Dureri cincta, grand in-4, Monachii 1838.

Jesus Christen Imitacionia, in-8, Montbelliard 1838, 12 feuilles et demie

BARATZIART (André), prêtre : Guiristinoki bicitceco eta hiltceco moldea, ceinetan causitcen baitdire egunaren guiristinoki iragateco moldea meça sainduco, hagoniaco, confessioco eta communioneco othroitçac, igandeco bezperac ilhabatearen egun gucietaco meditacioneac, arima penatuen contsolamenduac eta contcientciaren examina, in-32, saltcen da Bayonan Cluzeau liburu, etc.,

1838, pp. 276 et 13 non chiffrées; plus, 2 pages de table.

C'est le célèbre ouvrage connu sous la dénomination de *Meditacione ttipiac*, publié en 1784. — Il contient aussi un catalogue d'ouvrages basques modernes.

Evangelioa san Lucasen guisan, etc.; — el Evangelio segun S. Lucas, traducido al Vascuence, in-18, Madrid 1838 (pp. 176; plus le frontispice.)

WILKINSON (Henry) : Sketches of Scenery in the Basque Provinces of Spain, with a Selection of national Music, etc., in-fol., London 1838.

* DUPONCEAU : Mémoires sur le système grammatical des langues de l'Amérique du nord, in-8, Paris 1838 (p. 6, 10, 20 et 21, 197.)

* MAZURE (A.) : Histoire du Béarn et du pays basque, suivie d'une Notice sur les archives de Pau, in-8, Paris 1839, p. 486 à 521.

* BETHARN (sir Williams) : De l'identité de l'étrusque et du basque, ad calcem. Annales de philosophie chrétienne, t. XVII, p. 315.

ARTIGARRAGA Y UGARTE (don Luis de) : Diccionario manual bascongado y castellano, y elementos de Gramatica, para el uso de la juventud de la muy noble y muy leal provincia de Guipuzcoa, con ejemplos y parte de la doctrina cristiana en ambos idiomas, petit in-8, Tolosa año de 1839, pp. XIV-64.

* Jesus Cristen imitacionea, in-8, Montbelliard, Deckher et Bleronvivent 1839.

* Uscarra Libru berria eta christiaren egun orozco exercicio espiritualac. Lehen edicionea, in-18, Bayonan 1839, 7 feuilles.

* BOPP (Franz) : Die Celtischen Sprachen in irhen Verhältnische, etc. Les Langues celtiques dans leurs rapports avec le sanscrit, le zend, le grec, le latin, le ger-

manique, le lithuanien et le slave, etc., in-4 Berlin, F. Dümmler 1839, pp. 88.

* Exercicio izpirituala, edicione berria, in-8, Bayonne, Cluzeau 1839.

* Pierquin de Gembloux : Histoire monétaire et philologique du Berry, in-4, Bourges 1840 (t. i, p. 230 à 250.)

Cadaveraz (el P. Agustin), de la Compagnie de Jésus : Escu librua ceñean dauden cristabaren eguneroco egercicioac, Mandamentu santuetatic esamiña, eguiteco confesatzeco eta comulgatzeco prestaerac, guerozco oracioaquin. Meza santua. Calbarioa eta beste devocioac Jesusen, etc., in-18, Tolosa, chez la veuve Mendizabal 1840, pp. 237.

Hiriart (A.), maître de pension à Ustaritz : Introduction à la langue française et à la langue basque, in-12, Bayonne 1840, pp. xii-231. — 10 fr.

* Pierquin de Gembloux : Histoire des patois de la France, in-8, Paris 1841 (p. xxvi et 44 à 55.)

Bruce-Whyte (la) : Histoire des langues romanes et de leur littérature depuis leur origine jusqu'au xive siècle, 3 vol. in 8, Paris 1841, t. i, p. 126 à 169.

* Duvoisin (J.) : Album pyrénéen. Revue béarnaise, grand in-8, Pau 1841. Janvier 1841. Des Basques et de leurs poésies, p. 1 à 11. — Mars : Poésie dramatique des Basques, p. 90-102. — Mai : Comédie des Basques, p. 207 à 215. — Août : Jeu de paume, p. p. 334 à 345 (Dialogue en vers basques insérés dans cette nouvelle).

Iturriaga (don Augustin-Pasqual) : Arte de aprender à hablar la lengua castellana para el uso de las escuelas de primeras letras de Guipuscoa, in-12, Hernani 1841, pp. 86.

Le même : Dialogos basco-castellanos para las escuelas de primeras letras de Guipuzcoa, in-12, Hernam 1842, pp. 86.

Yrizar y Moya, ou le Vieux de Vergara : De l'Usquere et de ses erderes, ou de la langue basque et de ses dérivés, 4 vol. in-8, Paris, Poussielgue-Rusand 1841-46.

*Leroux de Lincy : Le livre des Proverbes français, post 8, Paris 1842 (t. i, p. ix.)

*Philomneste (G. Peignot) : Amusements philologiques, 3e édit. in-8, Dijon 1842 (p. 251 à 254.)

Iztueta (don Juan-Ignacio) : Fabulas y otras composiciones en verso vascongado, dialecto guipuzcoano, con un Diccionario Vasco-Castellano de las voces que son differentes en los diversos dialectos, in-8 espagnol. San Sebastian en la imprenta de Ignacio Ramon Baroja año de 1842 (pp. iii-199, plus le titre.)

Borrow (Georges) : The Bible in Spain, etc., in-8, London 1843, p. 217 à 220. Escarra-Basque not Irish. — Sanscrit and Tartar Dialects. — A Wowel Language. — Popular poetry. — The Basques. — Their Persons. — Basque Women (Sommaire du xxxviiie chapitre). Voyez en outre les chapitres xxxix à xlii, p. 224 à 242.

J. B. (Badé), ancien professeur au collége royal de Pau, puis maître de pension à Auch, où il est mort : l'*Observateur des Pyrénées*, in-4, Pau 1843, nos des 11, 13, 15, 22, 27 et 29 octobre.

Taylor (bon) · les Pyrénées, grand in-8, Paris 1843, p. 614 à 617.

*Polyglotte religieuse, ou l'Oraison dominicale en 83 langues, in-12, Poissy 1843, pp. 26.

Brunet (G.) : Bulletin de l'Alliance des arts, in-8, Paris 1844, p. 96.

Stuart-Costello (miss Louisa) : Bearn and the Pyrenées, 2 vol. in-8, London, Richard Bentley 1844, t. II, p. 232 à 259.

IZTUETA (don Juan Ignacio de) : Iztuetac bere emazte conceciri biac ezcongai ceudela ifinitaco itz neurtuac, in-fol., Donestian Ignacio Ramon Baroja 1844 (dix couplets sur une page à deux colonnes).

Le même : *Paquea pozcarriaren atseguin leloac zortcicoan*, in-fol. sans lieu ni date (Donastian 1844?), dix couplets en deux colonnes sur une planche.

CHAHO (J. Augustin) : Exposition théorique de la langue basque et parallèle de cet idiome et des patois gasco-romans, al calcem : Ariel, *Courrier des Pyrénées*, nos des 30 mars, 6 et 7 avril 1845.

* AZAIS (J.) : Essai sur la formation et sur le développement du langage des hommes, in-8, Béziers 1845.

G. B. (Brunet) : Anciens proverbes basques et gascons, recueillis par Voltoire, etc., in-8, Paris, Techener 1845, pp. 14, tiré à 60 exemplaires.

THIERRY (Amédée) : Histoire des Gaulois, 3 vol. in-8, Paris 1845 (t. I, p. XCVII à CI.)

Esplicacion de las mudanzas del antiguo Baile conocido en el païs Vasco con el nombre de Broquel-Dantza, petit in-fol., San Sebatian, imprenta de Pio Baroja 1845.

CHAHO (J.-Augustin) : Ariel, *Courrier des Pyrénées, journal international*, in-fol., Bayonne 1845. — no 1 : Chant sur les conquêtes d'Annibal en Italie!! (sept vers seulement et le reste en français). — no 19 : *Nazioneko Besta*, treize couplets composés pendant la révolution. — 16 février : Fable extraite du Recueil de D. Agustin-Pasqual Iturriaga (le Rat de ville et le Rat des champs). — 2 mars : Sept couplets seulement sur le Rossignol. — 9 mars : *Lehen floria*, chanson souletine en neuf couplets.

— 16 mars : *Maïtena* (l'Amant), et à la suite un article intitulé : ***Orthographe basque.*** — 25 avril : Douze couplets dialogués : Amour et Devoir, avec traduction. — 4 mai : ***Belzunce Biscondia,*** Eloge du vicomte de Belzunce, en dix couplets. — 14 septembre : Dix-huit couplets du Mulet du charbonnier, avec traduction. — 28 septembre : Dialogue, un couplet entre le Vin et l'Eau. – Du 5 octobre, etc., Relation en vers labourdins des fêtes données à Pampelune à LL. AA. RR. le duc et la duchesse de Nemours, etc., etc.

Courrier de la Gironde du 8 septembre 1845 : (Zorcico basque de trente-deux vers, à la suite des fêtes du 4 septembre, en l'honneur du duc et de la duchesse de Nemours.)

* Cantica espiritualac, in-12, Bayonne, 1846, pp. 142.

* LIZARRAGA (don Joaquin), doyen de la Navarre et vicaire du même pays. Urteco igande guztietaraco platicac, edo itzaldiac nafarroan, elcano deritzan errian, bertaco vicario Jaun don Joaquin, etc., in-8, Saint-Sébastien, 1846, pp. 447, plus deux feuillets (1847).

* IZTUETA (don J.-Ignacio de) : Guipuzcoaco provinciaren condaira edo Historia ceñetan jarritzen diraden arguiro beraren asielatic orain arte dagozquion barri gogoangarriac, in-8, Donostian, 1847, pp. x-519.

* ECHEGARAY (don Vicente) : Zorcico compuesto para las corridas de toros del carnaval del año 1848, 2 feuillets in-fol.

* MURAT (F.-R. de) : Vocabulaire celto-breton, basque et patois d'Auvergne, manuscrit, in-fol. (1).

LIZARRAGA (don Joaquin) : Urteco igande guztietaraco

(1) Voyez Gonod, Catalogue des ouvrages imprimés et manuscrits concernant l'Auvergne, in-8, Clermont, 1849, p. 188.

platicac edo itzaldiac nafarroan, elcano deritzan errian, bertaco vicario jaun, etc., in-8, Donostian Ignacio Ramon Baroja 1846.

* LARRALDE, dit Bordachoure, de Hasparen : Cantate (neuf couplets) sur le mariage du duc de Montpensier, ad calc. L'Adour, journal de Bayonne du 30 octobre 1846.

FAURIEL (C.) : Histoire de la poésie provençale, 2 vol. in-8, Paris, Benjamin Duprat, 1846 (t. I, p. 194 et 201, douze mots communs au basque et au provençal.)

LIZARRAGA (don Joaquin), doyen de la Navarre et vicaire du même pays. Orleco igande gustietaraco platicac edo itzaldiac nafarroan elcanode ritzan errian, bertaco vicario jaun, in-8, Donostian 1846.

ELLISEN (Adolf.) : Versuch einer Polyglottœ der Europäischen Poesie. Mit einer Völker-und Sprachen-Karter-Europas. Tome I. Poesie der Cantabrer, Kelten, Kymren und Grièchen, in-8, Leipzig 1846, chap. I, die Kantabrer oder Basker, p. 1 à 10. (Chant de guerre de Beotivar.)

G. B. (Gustave Brunet) : De la Poésie populaire des Basques, ad calcem : *Cabinet de lecture*, le *Voleur et le Cercle réunis*, XVIIe année, n° du 25 mars, 1846, p. 268.

MICHEL (F.) : Histoire des races maudites de la France et de l'Espagne, 2 vol. in-8, Paris 1847, t. I, p. 255 et seqq.; — t. II, p. 150 et seqq.

* DECHEPARE (Bernard) : Poésies basques, in-8, Bordeaux 1847.

Le même : Poésies basques, avec traduction par Archu, instituteur primaire à la Réole, ad calcem : Actes de l'Académie royale des sciences, belles-lettres et arts de Bordeaux, in-8, Bordeaux 1847 (neuvième année, premier trimestre.)

* BONAPARTE (S. A. le prince Louis-Lucien), sénateur : Vocabularium comparativum omnium linguarum europæarum, opera et studio, etc. Pars prior, nomina substantiva complectens, petit in-fol., Florentiæ 1847. pp. 56.

* Le même : Specimen Lexici comparativi omnium linguarum europæarum, opera et studio Ludovici Luciani Bonaparte, petit in-fol., Florentiæ 1847 (1855). pp. 56.

C'est le même ouvrage, dont la titre a seul été changé.

* ARCHU (J.-B.), instituteur primaire à la Réole (Gironde) : Lafontainaren, aleghia-berheziak, neurt-hitzez Francesetik uskarara itzuliak, in-8, la Réole, 1848, pp. 316. (La Grammaire va de la p. 16 à 72.)

* GOYHETCHE, prêtre : Fableac edo aleguiac Lafontenaric berechiz hartuac, eta Goyhetche apheçac franxesetic escoarara berxutan itçuliac, in-18, Bayonan, 1852, (pp. XII-344.)

BOUDARD (P.-A.) : Etudes sur l'alphabet ibérien et sur quelques monnaies autonomes d'Espagne, in-8, Paris 1852 (XVIIIe livraison des Bulletins de la Société archéologique de Béziers). *Voy.* dans le *Messager de Bayonne*, du 9 avril 1857, un compte rendu de cet ouvrage.)

INCHAUSPE (l'abbé), aumônier de l'hôpital de Saint-Léon, de Bayonne : Jincoac guiçonareki eguin patoac, edo eguiazco religionia, etc., in-24, Bayonan, fore eta Laserre, 1851, pp. 147. — 1856, pp. 321.

LEJOSNE, professeur d'histoire au collége de Béziers : *Vide* Annuaire de la Société impériale des antiquaires de France, pour 1854, in-8, Paris 1854, p. 147.

HARRIET et DASSANCE : Iesu Christo Jaunaren Testament Berria lehenago I. N. Haraneder. Done Ioane Lobitsuco iaun aphez batec, escuararat itçulia ; orai, artha bereci batequin, garbiquiago, lehembicico aldicotçat aguer-aracia, Laphurtar bi aun aphecec, iaun Aphezpicuaren baimenarequin, in-12, Baionan, E. Laserre, 1855, pp. XXIV-480.

* GALLATIN : Ad calcem : Smithsonian contributions to knowledge, vol. VIII, City of Washington, 1856, in-fol., p. 54. (Analogie du basque avec les langues de l'Amérique et du Congo.)

BONAPARTE (S. A. le prince Louis-Lucien), sénateur : traduction de l'Evangile de S. Matthieu en dialecte souletin, in-8, Bayonne 1856, pp. 171 et 4 p. de notes. — Tiré à 12 exemplaires.

Le même : Traduction de l'Evangile de S. Matthieu en basque de la Basse-Navarre, in-8, Bayonne 1856, pp. 188. — Douze exemplaires.

Le même : Traduction de l'Evangile de S. Matthieu en basque de la Haute-Navarre, in-8, Londres 1857 (de l'imprimerie particulière du prince), pp. 122.— Dix exemplaires.

Le même : Traduction de l'Evangile selon S. Matthieu, en basque de la Biscaye, in-8, Londres (de l'imprimerie du prince) 1857, pp. 154. — Onze exemplaires.

Le même : Traduction de l'Evangile de S. Matthieu en basque du Guipuzcoan, in-8, Londres (de l'imprimerie du prince), 1857. — Neuf ou dix exemplaires.

Le même : Parabola de seminatore LXXII linguis versa, in-8, Londini 1857. — Deux cent cinquante exemplaires. (Les six premières traductions sont dans les dialectes basques cités ci-dessus.)

Le même : Prodromus Evangeli Matthæi octupli, in-8, Londini 1857. (C'est l'Oraison dominicale traduite en français et dans les six dialectes basques.

Le même : l'Apocalypse, traduit en biscayen, in-8, Londres 1857.

Le même : Dialogos Guypuscoanos y vizcainos. Dialogues labourdins et souletins. in-8 oblong, 1857, pp. 240.

Astete (G.) : Doctrina cristiana orderec eguiña ipiñi zuan eresquesaz, in-32, D. Juan de Frazustac, Donastian 1850. (Nouvelle édition.)

* Archu (J.-B.), instituteur primaire communal à la Réole (Gironde), dont l'obligeance, dit M. F. Michel, égale le savoir. — Grammaire basque-française à l'usage des écoles du pays basque, Uscarra, in-12, Bayonne 1853.

* Hirribaren (J.-M.), curé de Bardos, Eskaldunac-Iberia, Cantabria, Eskal-Herriac, Eskal-Herri bakotcha eta hari darraciona, in-18, Bayonan 1853, pp. 238, plus deux feuillets de préliminaires et un pour la table.

* J. M. H. (Hirribaren) : Montebideoco Berriac, in-8, Bayonan 1853, pp. 43. (Poëme en II chants, relatif à l'émigration des Basques dans l'Amérique du Sud.)

* Baudrimont : Histoire des Basques ou Escualdunais (*sic*) primitifs, restaurée d'après la langue, les caractères étymologiques et les mœurs des Basques actuels, in-8, Paris (Bordeaux) 1854. (Extrait des Mémoires de l'Académie de Bordeaux), pp. 284.

Moniteur universel du 20 mai 1855, pp. 4.

* Lardizabal (D. Francisco-Ignacio de) : Testamentu Zarreco eta Berrico condaira, edo Munduaren asieratic Jesu-Christo-ren Evangelioa apostoluac eracutsi zuten arterañoco berri, escritura santatic atera, eta euscaraz ipiñi dituenne apaiz D. fr., etc., in 4 espagnol, Tolosa 1855, pp. 548, plus deux feuillets et neuf de table ou d'errata.

Le même : Grammatica vascongada escrita por, etc., in-4, S. Sébastien, 1856.

Chaho (Augustin) : Dictionnaire basque, français, espagnol et latin, d'après les meilleurs auteurs *classiques* (?), et les Dictionnaires des Académies française et espagnole, in-4, Paris 1856.

Zabula (le P.) : Noticia de las obras vascongadas que han salido à luz despues de las que cuenta el P. Larramendi (Bibliographie basque, depuis la publication du Dictionnaire de Larramendi (1748) jusqu'à nos jours (en espagnol). Imprimée aux frais du prince Louis-Lucien Bonaparte, in-4 espagnol, San-Sebastian 1856.)

Maury (A) : la Philologie comparée, ses principes et ses applications nouvelles. (V. *Revue des Deux Mondes*, livraison du 15 avril 1857, p. 921.)

Salaberry (d'Ibarolte) : Vocabulaire de mots basques, bas-navarrais, traduits en langue française, in-12, Bayonne 1857.

Michel (Francisque) : le Pays basque, sa population, sa langue, ses mœurs, sa littérature et sa musique, in-8, Paris, 1857, pp. 547, avec musique gravée. — (Compte rendu dans le *Bulletin du Bouquiniste* du 1er novembre 1857, par M. G. Brunet.)

BIBLIOTHEQUE NATIONALE DE FRANCE
3 7531 03330160 8

www.ingramcontent.com/pod-product-compliance
Ingram Content Group UK Ltd.
Pitfield, Milton Keynes, MK11 3LW, UK
UKHW020417230726
13925UKWH00004B/1485

9 782013 627023